MW00887255

김영진 그림책

김영진

충남 부여에서 태어나 서울 잠실에서 자랐습니다. 올림픽 공원이 아직 산동네이던 시절, 잠실국민학교를 다녔지요. 그림으로 재미난 이야기를 들려주는 사람으로 기억되기를 바랍니다.
'김영진 그림책' 시리즈와 《이상한 분실물 보관소》, 《엄마를 구출하라!》, 《싸움을 멈춰라!》, 《꿈 공장을 지켜라!》, 《아빠의 이상한 퇴근길》 등을 쓰고 그렸으며, '지원이와 병관이' 시리즈와 《마법에 빠진 말썽꾸러기》 등을 그렸습니다.

김영진 그림책 12
걱정이 너무 많아 김영진 글·그림

1판 1쇄 펴낸날 2020년 8월 20일 | **1판 6쇄 펴낸날** 2022년 2월 22일 | **펴낸이** 이충호 | **펴낸곳** 길벗어린이(주) | **등록번호** 제10-1227호 | **등록일자** 1995년 11월 6일
주소 04000 서울시 마포구 월드컵북로 45 에스디타워비엔씨 2F | **대표전화** 02-6353-3700 | **팩스** 02-6353-3702 | **홈페이지** www.gilbutkid.co.kr
편집 송지현 임하나 이현성 황설경 김지원 | **디자인** 김연수 송윤정 | **마케팅** 호종민 김서연 황혜민 이가윤 강경선 | **총무·제작** 최유리 임희영 박새별 이승윤
ISBN 978-89-5582-557-2 74810 | 978-89-5582-363-9 (세트)

글·그림 ⓒ 김영진 2020 이 책은 저작권법에 따라 보호받는 저작물이므로, 저작권자와 길벗어린이(주)의 허락 없이는 이 책의 내용을 쓸 수 없습니다.

걱정이
너무 많아

김영진

길벗어린이

지난주 체육 시간에 그린이 바지에 구멍이 났어요.
반 친구들 모두가 알게 되었지요.
그날 집에 가는 길에는 휴대폰도 잃어버렸어요.
그린이는 엄마, 아빠에게 호되게 꾸중을 들었지요.
그날부터 그린이는 걱정쟁이가 되었어요.
"엄마, 바지에 구멍 났나 다시 확인해 줘.
휴대폰 안 가져가면 안 돼? 또 잃어버리면 어떡해?"
"무슨 일 있을 때 엄마한테 전화해야지. 빨리 가방에 잘 넣어."

'무슨 일? 안 좋은 일이 생기면 어떡하지?'

그린이는 걱정이 생길 때마다
걱정 괴물이 하나씩 달라붙는 것 같았어요.
몸도 무겁고 기분도 점점 안 좋아졌어요.
"그린아!"
하굣길에 준혁이가 그린이 등을 치며 알은체했어요.
"왜 때리고 그래!"
그린이가 버럭 소리를 질렀어요.
준혁이는 같이 놀자며 장난친 건데 말이죠.

'준혁이한테 너무했나. 어떡하지…'
그린이는 어깨를 축 늘어뜨린 채 집으로 걸어갔어요.
걱정 하나가 또 달라붙었어요.

그린이는 밤에 잠도 잘 오지 않았어요.
걱정 때문인지 나쁜 꿈을 꾸다가
새벽에 잠이 깨는 날도 있었어요.

걱정아,
무럭무럭
자라다오.

걱정이
이렇게 많은데
잠이 올 리가
없지!

"엄마, 나 왔어!"
학교에서 급하게 뛰어온 그린이가 화장실로 달려갔어요.
"그린아, 급할 때는 학교 화장실에서 일 보고 와."
"친구들이 냄새난다고 놀리면 어떡해?"
"냄새 안 나, 걱정 마. 뭘 그런 것까지 걱정하니?"

그린이는 아빠에게 걱정들을 얘기해 보았지만
아빠는 괜찮다고만 했어요.
"그린아, 쓸데없는 걱정 좀 하지 마. 그런 사소한 것까지
걱정하지 않아도 돼."
그린이는 별일 아닌 걸 걱정하는 자신이 걱정되었어요.

펑!

걱정이 더 많아졌어요.

그린이는 걱정 끝에 할머니에게 전화를 했어요.

할머니는 그린이 이야기를 잘 들어 주셨어요.

"그린아, 혹시 어깨에 걱정 괴물들이 달라붙는 것 같니?"

"어떻게 알았어, 할머니?"

"음…, 할머니가 걱정 있을 때 쓰는 방법이 있는데 알려 줄까?"

"응, 할머니! 그런데 할머니도 걱정이 많아?"

"누구에게나 걱정은 있단다. 할머니도 걱정이 많지. 그런데 오래가지 않아.

왜냐하면 할머니는 집에 들어갈 때 집 앞 나무에 걱정을 매달고 들어가거든."

"그럼 걱정 괴물들이 사라져?"

"금방 사라지진 않지만 밤새 매달려 있으니 그 녀석들도 힘이 들겠지.

또 매달릴까 봐 멀리 도망가는 녀석도 있어."

다음 날 그린이는 할머니 말대로 집에 들어가기 전,
걱정 괴물들을 집 앞 나무에 매달았어요.
그린이는 왠지 몸이 가벼워진 것 같은 기분이 들었어요.
"역시 우리 할머니야!"
그날 저녁 그린이는 오랜만에 잠을 잘 잤어요.

그린이 걱정은 금세 사라지지 않았어요.

하지만 그전처럼 많이 힘들지는 않았지요.

준혁이에게도 미안하다고 말하고 같이 아이스크림을 사 먹었어요.

준혁이다…!
미안하다고 해야 하는데….

준혁이가 사과를 안 받아 주면
어떡하지? … 다음에 할까?

아빠가 사과는 빨리할수록
좋다고 했는데….

준혁아!

미안해.
나도 모르게
큰 소리로
화를 냈어….

어….

요즘 너무
걱정이 많아서….

걱정?

응. 생각하지 않으려 해도
계속 생각이 나.
자꾸 달라붙는 느낌이야.

그린이는 오늘도 집에 들어가기 전 걱정 괴물들을 나무에 매달고 들어갔어요.

주말에 할머니가 그린이네 집에 오셨어요.

그린이 가족은 할머니와 돼지갈비를 먹으러 갔어요.

돼지갈비를 먹으며 할머니가 물어보셨어요.

"그래 그린아, 걱정 괴물들은 이떻게 됐니?"

"할머니 말대로 얘들이 많이 힘든가 봐."

그린이와 할머니는 동시에 큰 웃음을 터뜨렸어요.

엄마와 아빠가 궁금해하자 그린이가 설명해 주었어요.

"그거 좋은 방법인데! 아빠도 해 봐야겠다."

그린이네 가족이 다 같이 웃었어요.

돼지갈비는 그 어느 때보다 맛있었어요.

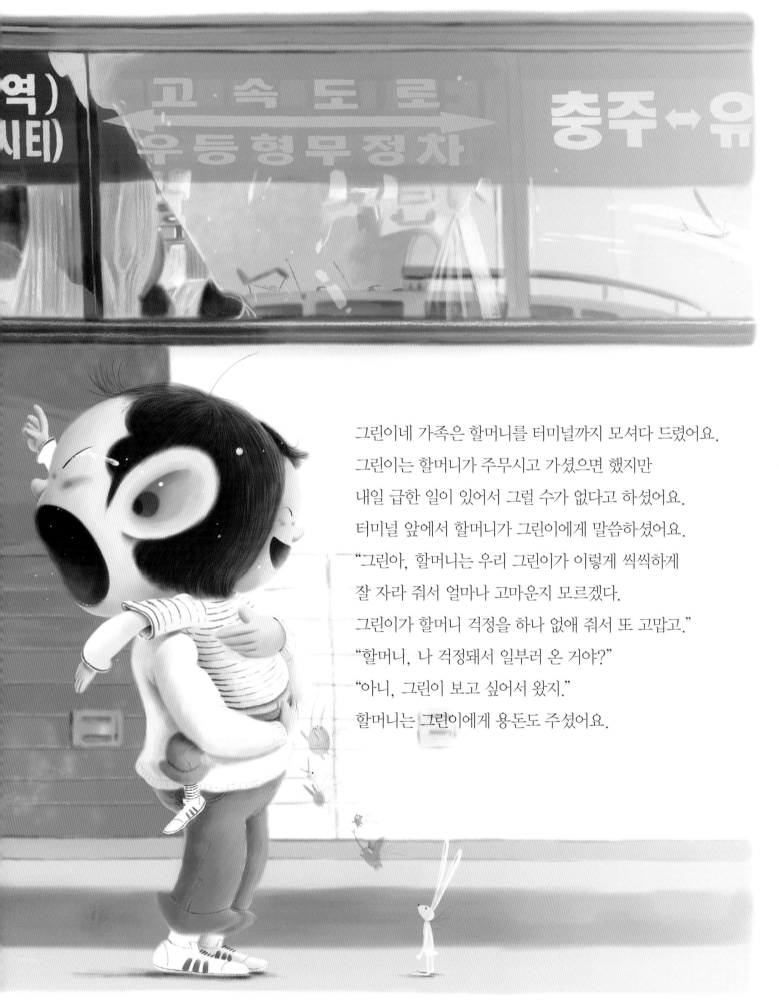

그린이네 가족은 할머니를 터미널까지 모셔다 드렸어요.
그린이는 할머니가 주무시고 가셨으면 했지만
내일 급한 일이 있어서 그럴 수가 없다고 하셨어요.
터미널 앞에서 할머니가 그린이에게 말씀하셨어요.
"그린아, 할머니는 우리 그린이가 이렇게 씩씩하게
잘 자라 줘서 얼마나 고마운지 모르겠다.
그린이가 할머니 걱정을 하나 없애 줘서 또 고맙고."
"할머니, 나 걱정돼서 일부러 온 거야?"
"아니, 그린이 보고 싶어서 왔지."
할머니는 그린이에게 용돈도 주셨어요.

엄마는 즐겨 듣는 라디오 방송에 그린이 사연을 써 보냈어요.
이번 사연은 방송이 되었어요.
그동안 한 번도 소개된 적이 없었는데 말이에요.
그린이 이야기가 방송을 통해 전국으로 퍼져 나갔어요.

아랫집 아저씨, 101호 아줌마, 302호 누나,
501호 형, 601호 할아버지도 방송을 들었지요.

그리고 더 많은 사람들이 그린이 사연을 들었어요.

그린이는 줄넘기 학원까지 마치고
친구들과 놀이터에서 놀다가 저녁 늦게 집으로 갔어요.
그린이는 집 앞 나무를 보고 깜짝 놀랐어요.
나무에 걱정 괴물들이 잔뜩 매달려 있는 게 아니겠어요?
방송을 들은 아파트 주민들이 매단 것들이었지요.
너무 많아서 그린이 걱정 괴물을 매달 자리가 없을 정도였어요.

집에 들어가니 아빠도 오랜만에 일찍 들어와 계셨어요.
그린이네 가족은 엄마가 녹음해 놓은 방송을 들으며
맛있게 저녁을 먹었어요.

그린이는 숙제를 끝내고 만화 영화도 재미있게 봤어요.
깨끗이 씻고 잠자리에 누웠는데
문득 나무에 걸어 두지 못한 걱정 괴물들이 생각났어요.
걱정 괴물들은 피곤했는지 곯아떨어져 있었어요.
그린이는 오늘따라 걱정 괴물들이 귀엽다는 생각을 했어요.

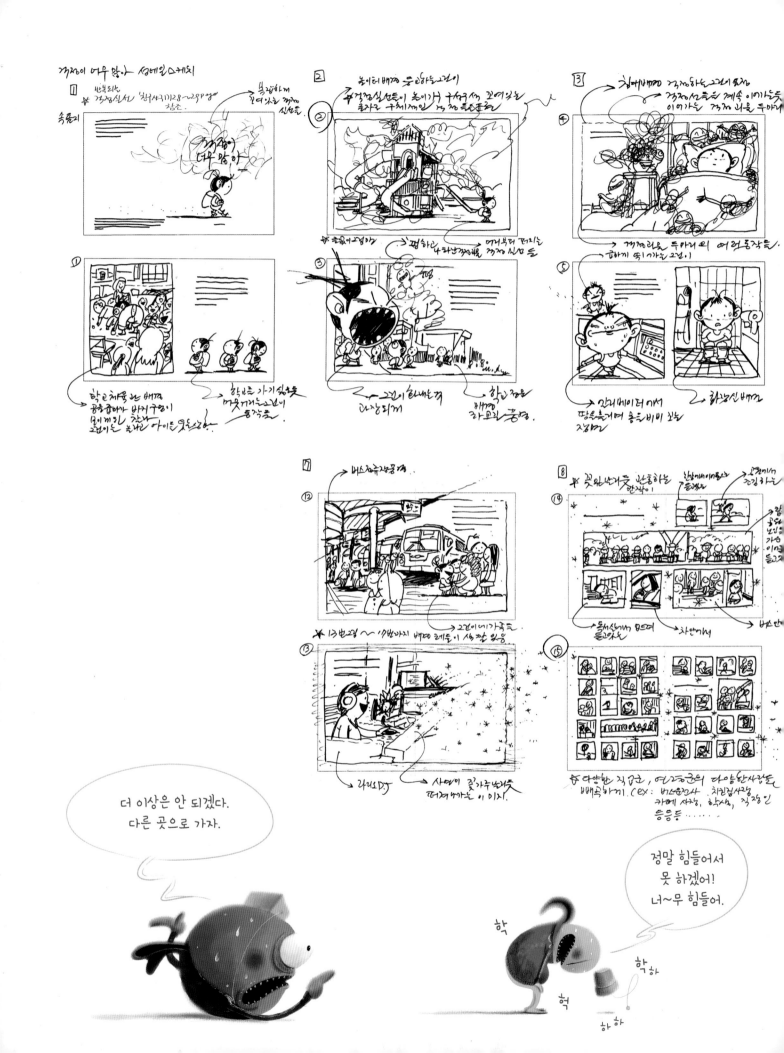